KB153372

마녀들의 비밀일기

마녀들의 비밀일기

초판 1쇄 인쇄 | 2020년 01월 31일
초판 1쇄 발행 | 2020년 02월 05일

지은이 | 마담 이포 Madame Ippò
일러스트 | 마시모 알파이올리 Massimo Alfaioli
옮긴이 | 황정은

펴낸이 | 김채민
펴낸곳 | 힘찬북스
출판등록 | 제410-2017-000143호

주 소 | 서울특별시 마포구 망원로 94, 301호
전 화 | 02-2272-2554
팩 스 | 02-2272-2555
이메일 | hcbooks17@naver.com

ISBN 979-11-90227-05-6 03880
값 14,000원

* 파본은 본사나 구입하신 서점에서 교환하여 드립니다.

마녀들의 비밀일기

마담 이포 Madame Ippò 지음 | 황정은 옮김

HC books

차 례

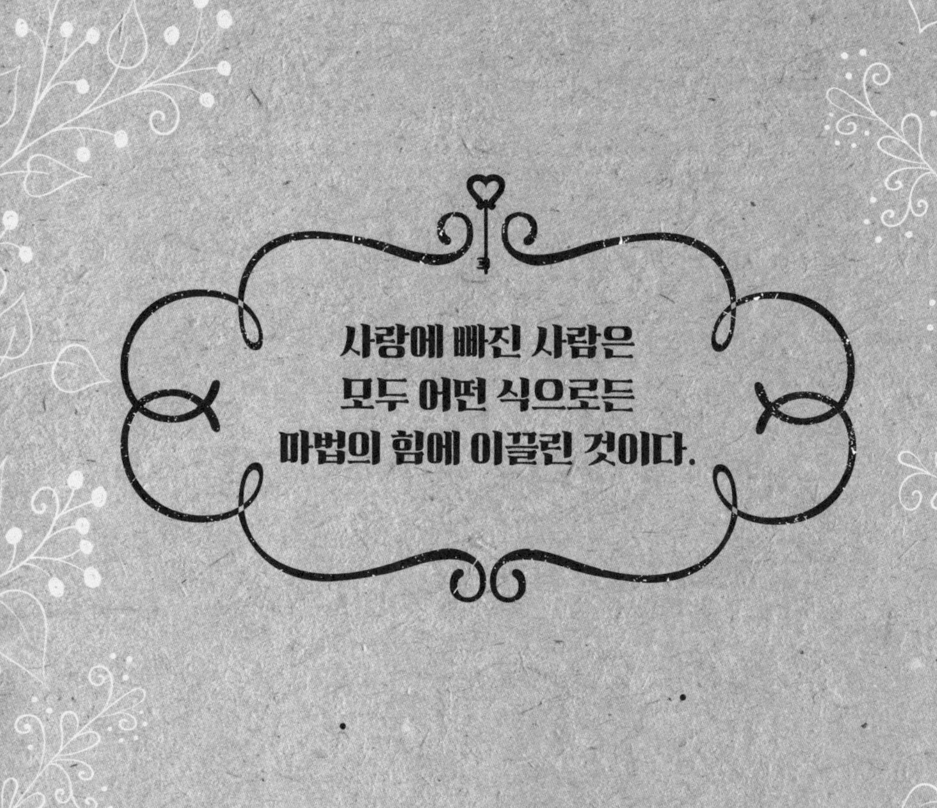
사랑에 빠진 사람은
모두 어떤 식으로든
마법의 힘에 이끌린 것이다.

Introduzione

들어가는 말

우리 안에는 마법이라는 잠재력이 숨어 있습니다. 이 잠재력은 우리 자신과 주변을 변화시킬 수 있는 내적인 힘이자 우주의 생명 에너지, 즉 긍정이 발하는 빛을 양분 삼아 자라납니다. 부정해도 소용없습니다. 우리는 숨겨진 힘을 지니고 있으며, 분명한 이 사실을 알고 있습니다.

우리는 이제 이 마법의 힘을 의식적으로 일깨워야 합니다. 이성적이어야 한다는 관념, 우리의 자존감과 카리스마를 가리고 있는 여러 요소들에 의해 빛을 보지 못하는 그 '힘' 말입니다.

부정적인 것에 가려 보이지 않는다고 내면의 빛을 모른 척 한다면 우리가 가진 가장 멋진 부분을 포기해버리는 것이나 마찬가지입니다.

밤낮으로 여신 베스타Vesta의 불을 지켰던 충실한 신녀들처럼, 꿈, 열망, 사랑, 동정, 희망으로 이 불을 키울 의무가 우리에게 있습니다.

이 책은 자연의 에너지, 별의 에너지, 그리고 우리의 삶을 움직이는 모든 에너지의 도움을 받아 잊고 있던 우리의 힘을 재발견하기 위한 열쇠입니다.

숨겨져 있던 내면의 동기를 자극하는 매뉴얼이자 가이드입니다. 마법을 통해 우리의 오랜 힘을 재발견하고, 긍정 에너지 통로를 열어 막힘없이 흐를 수 있도록 하기 위함입니다.

우리는 자유로이 사랑하고 사랑받을 수 있으며, 온 우주와 조화를 이루며 살 수 있습니다. 목표는 오직 하나입니다. 우리의 삶을 마법 한 줌으로 더 빛나게 만들어 어떠한 경험도 두 팔 벌려 받아들일 수 있도록 활짝 열린 '마법의 문'이 되는 일이지요.

자신의 진정한 존재를 인식하고자 하는 우리의 모든 움직임은 마치 달 아래 요정의 숲속에서 춤을 추는 것과 같을 겁니다. 그 모든 움직임은 대자연의 원소들과 허브, 향료, 수정의 조화를 포함한 마법 의식과 주문으로 이뤄질 것입니다.

여기까지 읽는 동안 여러분은 이미 달이 비추는 마법의 길 위로 한 걸음을 내디뎠습니다. 그 길은 긍정으로 가득 찬 정화의 길입니다.

빛의 여정을 떠나는 당신에게 이 책이 가이드가 되어 주길,

마법의 반짝거림이 곧 활활 타오르는 불꽃이 되어 어둠마저 밝힐 수 있게 되기를 바랍니다.

Ja Concezione della Strega nel Tempo

마녀의 개념

인류 역사에는 언제나 마법이 존재했지만, 오랜 시간이 지나면서 희미해졌습니다.

마녀라는 인물은 사람들이 두려움을 느끼는 대상이었습니다. 내성적이고 독단적인 성격을 지녔거나, 어떤 식으로든 기존의 틀에서 벗어나 고분고분 하지 않고 독립적인 여성은 언제나 위험하다 여겨져 왔으니까요.

이들은 억울하게 비난을 당하거나, 심지어 악마라는 누명을 쓰고 화형에 처하기도 했습니다. 1692년 마을의 수많은 소녀들의 무고한 목숨을 앗아간 메사추세츠 세일럼 마녀 재판에서 일어났던 일처럼, 마녀로 여겨지는 여성들은 사소

한 문제를 저질러도 끔찍한 고문과 사형을 선고받았습니다.

치료사, 마법사, 점쟁이 혹은 고대의 종교를 믿으며 일반적인 도덕률을 거부하는 저항적인 여성들은 세계 어디서든 박해를 받았으며 악한 존재로서 축출되었습니다. 이처럼 사람들의 이미지 속에서 마녀는 나쁜 존재이며 불길함을 주는 모습을 하고 있습니다.

마녀라는 용어는 라틴어 'STRIX'에서 유래했는데, 이는 'STRIGE'를 말합니다. 독이 있는 자신의 젖을 신생아에게 먹이면서 그 아기의 피를 빨아 먹는다는 사악한 야행성 조류이지요.

이 괴생명체는 아이스킬로스Aeschylus, 플라톤Platon, 대플리니우스Gaius Plinius Secundus, 오비디우스Ovidius, 페트로니우스Petronius 등 수많은 작가들에 의해 언급되었습니다.

모든 마녀나 마법사는 터무니없게도 악마와 연관지어졌습니다. 하지만 마법만큼은 죽지 않고 살아남았습니다. 마녀들의 힘이 비밀스럽게 우리에게 전해 내려온 것이라고 생각해볼 수 있겠지요.

이제 마녀를 부활시키고 본래 마녀가 가지고 있는 거대한 힘을 인식할 때가 되었습니다.

잔인한 역사적 시대를 지나온 우리 여성들은 우리가 정말로 누구이며 우리에게 주어진 힘이 얼마나 큰지 기억해내야 합니다. 그리고 그 힘을 세상에 떨쳐내야 합니다.

하지만 신중해야 합니다. 많은 이들이 우리의 진가를 알아봐 주었지만, 여전히 우리를 두려워하는 자들도 있으니까요.

Come raggiungere i Poteri della strega

마녀의 힘을 얻는 법

이 책을 손에 쥐고 있다면 당신은 이미 자신 안에 숨어 있는 힘과 잠재력을 깨울 준비가 된 것이나 다름없습니다.

이제부터 이 책이 제시하는 길을 잘 따라오세요. 그 과정에서 무엇보다 중요한 것은 자기 자신을 전적으로 믿는 일입니다. 자신에 대한 믿음 없이는, 당신이 외우는 그 어떤 마법의 주문도 효력을 발휘하지 못하고 말 테니까요.

마녀가 된다는 것은 곧 당신 안에 숨어 있는 힘과 마주하는 일을 뜻합니다.

몸과 마음과 정신을 스스로 이해하고 컨트롤할 수 있게

되는 것이지요.

또한 당신의 열정과 능력, 감정과 창의력을 인식하고, 자연과의 교감을 통해 자연으로부터 거대한 힘을 이끌어내는 방법을 알게 되는 것입니다.

I

Accogli il tuo Potere

당신의 힘을 모으세요

달의 혜택

너는 영원히 내 입맞춤의 감응을 받을 것이다.

너는 나처럼 아름다워지리라.

너는 내가 사랑하는 것을 사랑하고 나를 사랑하는 것을

사랑하리다. 형태 없는 또는 무한한 형태를 가진 물을.

네가 그때 있지 않을 곳을. 네가 모르는 애인을. 기괴한 꽃을.

황홀케 하는 향기를.

피아노 위에 나란히 누워 부드러운 목소리로 여자처럼

울부짖는 고양이를! 그리고 너는 나를 사랑하는 사람들한테서

사랑을 받고 나를 따르는 사람들한테서 따름을 받을 것이다.

너는 초록빛 눈을 가진 사람들의 여왕이 될 것이다.

밤의 애무 속에서 내가 그 가슴을 꼭 껴안아 주었던

사람들의 여왕이.

샤를 보들레르

Influssi Magici della -una

달의 마법적인 감화력

칠흑같이 어두운 밤도 밝히는 달의 능력은 많은 시인과 연인들에게 영감을 주었습니다. 또 달의 딸들인 마녀들로부터 언제나 흠숭을 받았습니다. 달의 매력적인 능력은 바다의 조수에, 땅의 농작물에, 그리고 신체적 에너지와 영적 에너지에도 영향을 주고 있습니다.

모든 의식은 반드시 달의 위상 변화와 연관이 있습니다.

달은 자신을 알아보는 자들을 위한 수호 여신입니다. 달의 에너지가 주는 매력을 거부할 수 있는 사람은 없습니다.

달은 여성 특유의 특별한 가치를 지닙니다. 달은 고유의 변덕스러움과 아름다움으로 마녀를 인자하게 바라보며, 마녀를 도와주고 신비를 향한 길을 비추어 줍니다.

달의 위상의 각 단계마다 서로 다른 마법 목표가 있으며 우리는 언제 행동하기가 좋을지 미리 파악해 놓아야 합니다.

자연스러운 달의 리듬을 따르세요. 시간에 쫓기지 마세요. 물과 땅의 감응을 결정하는 것은 물론 바다의 조수, 식물의 성장, 심지어 여러분의 머리칼이 자라나는 일까지 달이 관여하고 있으니까요.

Fasi lunari
달의 위상

마녀 연수생에게는 달의 변화에 맞추어 알맞은 마법을 부리는 것이 아주 중요합니다. 이를 지키고 자신을 굳게 믿는다면, 가장 어려운 마법도 성공시킬 수 있을 겁니다.

초승달

이 시기의 달은 관계를 단단히 하고 소원을 빌며 새로운 활동이나 자극적이고 전망 있는 일을 시작하기에 딱 알맞습니다. 초승달일 때 달의 에너지는 당신의 마법을 비추어 사랑 또는 행운을 가져다줄 것입니다. 초승달은 사실상 헤어진 연인이 돌아오게 하거나 관계를 맺는 의식에 있어 필수 불가분한 존재입니다. 긍정적인 상황을 더욱 좋게 만들거나 안정화시켜 주기도 합니다.

초승달은 사랑을 지켜주며 행복, 희망, 번영을 선물해 줍니다.

보름달

하늘의 여인인 달이 자신의 빛나는 위엄을 드러낼 때, 우리는 그 모습에 매혹되지 않을 수 없습니다. 보름달을 본 우리가 저절로 감탄하면서 달을 흠숭하게 되는 건 너무나 본능적이고 마녀다운 모습이니까요. 하루 동안 지속 되는 보름달의 에너지는 최대의 위력을 발휘하게 됩니다. 그리고 그 보름달의 달빛 아래에서 당신은 초승달 단계에서 만들어 놓은 마법을 운용하거나 강화할 수 있습니다.

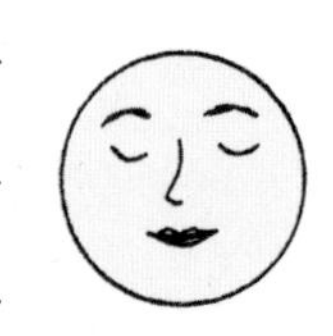

보름달은 '번영'과 '지식'의 달입니다. 그래서 보름달은 예언적인 계시를 주고 마법의 힘을 강화시킵니다. 게다가 당신의 소원을 들어줄 수 있지요.

그믐달

달이 하현기에 있을 때는 정화의식에 집중

하고 부정적인 감정, 관계, 습관 등 악한 기운들을 떨쳐내는 마법을 부리기에 아주 적절한 때입니다. 그믐달은 은혜로운 감화력으로 각종 불운을 물리치며, 고통과 슬픔을 줄여주는 능력이 있습니다. 또한 당신을 위해서는 끝나는 것이 좋을 상황이나 영향으로부터 분리될 힘을 찾도록 도와주지요.

신월

신월은 그믐달의 최종 단계로서 딱 하루 지속됩니다.

이 마법의 천체는 자신의 모든 힘을 재생시키기 위해 시야에서 잠시 사라집니다.

신월 동안 달의 에너지는 다소 약합니다. 의식이 특별히 필요하지 않은 한 행하지 않는 편이 낫습니다.

신월은 우리의 에너지를 충전시키기 위한 짧은 휴식기인 셈입니다.

Purificazione

정화

자각이라는 신성한 길에 발을 들이기 위해서 우리는 부정적인 것들로부터 벗어나야 합니다. 그 방법은 스스로를 정화시키는 것밖에 없습니다. 그래야만 마법의 새로운 시작을 할 준비가 될 테니까요.

Purifica lo spazio esteriore

외부 공간 정화하기

달이 하현기를 맞았을 때, 창문을 활짝 열어 방 안에 갇혀 있던 부정적인 기운이 밖으로 빠져나가도록 하세요. 그리고 새로운 공기를 받아 들여 긍정적인 생명의 에너지가 잘 흘러 들어올 수 있도록 하세요. 집안을 구석구석 청소하세요. 빗자루를 사용하시면 더 좋습니다. 빗자루는 부정적인 것들을 몰아낼 수 있다는 중요하고도 신비스러운 가치를 지니니까요.

다음 주문을 외우면서 집안을 정리하세요.

제 주변을 정리해주세요.
제 마음속을 정리해주세요.

생명력을 불러 일으키기 위해 당신이 가장 좋아하는 꽃을 구입하세요. 그리고 정제되지 않은 굵은 소금을 방의 모든 모서리와 가구 뒤에 뿌리세요. 부정적인 에너지가 다시 자리 잡지 못하게 하기 위해서입니다. 몇 시간 동안 그대로 둔 다음, 쌓여 있던 모든 부정적인 기운과 함께 소금을 말끔히 치웁니다.

향초를 켜 좋은 향을 내고 공기를 정화하세요. 신성한 샐비어화이트 세이지를 말린 것, 혹은 팔로산토부르세라 그레이벨런즈를

허공에 흔들거나 태워 연기를 퍼트리세요. 재스민, 솔잎, 백단향, 라벤더, 계피의 향도 정화용 방향제로 쓸 수 있습니다.

Purifica lo spazio interiore
내면의 공간 정화하기

외부 공간을 정화한 당신은 이제 당신의 생명 에너지를 키워야 하며 스스로를 정화해야 합니다.

향초를 그대로 켜두어 향기가 집안에 가득 스며들도록 하세요. 그리고 당신이 가장 즐겨 입는 옷들을 세탁해 침대 위에 꺼내놓고 향기를 통해 옷이 정화되도록 하세요. 라벤더 혹은 네롤리유 에센스, 그리고 1kg의 굵은 소금으로 몸을 닦으세요. 이때 소금은 히말라야 소금처럼 천연 소금이면 더욱 좋습니다. 물과 소금은 최고의 정화제입니다.

집에 욕조가 있다면 몸을 푹 담그세요. 샤워를 한다면 소금과 선택한 향료로 머리끝부터 발끝까지 정성스럽게 잘 닦으세요. 그러면 긍정적인 에너지가 점점 차오르는 것이 느껴질 겁니다.

몸의 물기를 닦고 옷을 입으세요. 머리를 빗질하고 정성 들여 화장을 하세요. 이제 당신만의 마법 연수 과정의 첫 번째 단계를 완료했습니다.

당신의 공간을 부정적인 기운으로부터 정화한 후, 초승달이나 보름달이 뜨길 기다리세요. 시계가 가르키는 시간이 아니라 달의 시간을 따라야 합니다.

이렇게 기다리는 동안 자신에게 집중하며 내가 무엇을 원하며 어떤 변화를 이루고 싶은지 생각하는 시간을 가지세요. 절대 서두르지 마세요. 마법의 휴식은 자기만의 리듬이 필요한 법이랍니다.

Meditazione, Visualizzazione Mirata
e Richiamo di Energie Positive

명상, 대상의 시각화, 긍정에너지 소환하기

달의 위상이 당신에게 맞도록 기다리는 동안에는 일상 생활을 이어가세요. 하지만 마음속으로 긍정적인 변화를 받아들일 준비가 되었다는 것을 계속 되뇌이세요. 긍정적인 변화가 올 거라고 스스로 확신해야 합니다. 당신의 소원을 실현시키는 결정적인 요소는 바로 당신의 결심이니까요.

반대로 환멸감은 마법의 가장 나쁜 적입니다. 기다림의 기간 동안 의식적으로 바라는 것을 굳게 세워야 합니다.

평온한 이 시기를 명상하는 법을 배우는 시간으로 삼으세요. 빛으로 향하는 길을 걷는 내내 당신에게 도움이 될 겁니다. 연꽃, 재스민, 몰약 등의 향초를 태우는 것도 도움이 됩니다.

아무도 없는 곳에서 마음을 가라앉히세요. 외부의 모든 방해하는 것들을 차단하고 다리를 모아 앉으세요. 그리고 당신에게 감도는 미묘한 에너지를 느껴보세요.

마치 부드러운 파도에 휩싸인 자신을 상상하며 의식을 당신의 몸 전체에 퍼트리세요. 몸의 각 부분마다 잠시 멈추

어 신체적, 정신적 자각을 인지하세요.

머릿속에 있는 혼란하고 부정적인 생각을 완전히 비우고 숨을 깊게 들이마시세요.

머릿속에 이미지를 하나 그리고 그 이미지에 가만히 집중하세요. 그 이미지가 진짜라고 생각이 될 때까지 말입니다. 쉽지는 않을 겁니다. 하지만 조금만 연습한다면 모두가 그려낼 수 있습니다.

당신이 바라는 대상을 상상해보세요. 지금 당신은 긍정 에너지를 불러들이고 있습니다. 이 에너지는 언제나 당신이 바라는 것 또는 바라지 않는 것에 초점을 두고 있습니다. 평온하고 매혹적인 바다, 또는 태양 빛과 풀 내음이 가득한 초원의 이미지를 생각하는 것도 도움이 될 수 있습니다.

이 연습을 매일 밤 반복해보세요. 곧 쉽고 유익하다는 것을 알게 될 겁니다.'

Rituale di Iniziazione

입회식

개인의 내면을 변화시키는 첫 걸음은 엄숙한 입회식으로 시작됩니다. 입회식을 통해 내재된 마녀 힘을 발견해야 합니다.

의식이 진행되는 동안 안전하고 간섭받지 않는 조용한 장소를 찾으세요. 집 안이든 바깥이든 좋습니다. 그곳에 마법의 원을 그립니다.

주변을 정화하고 부정적인 기운으로부터 정화하세요. 어떻게 하는지는 이미 배웠지요.

미리 필요한 것을 미리 준비하세요.

- 선택한 장소의 부정적인 기운을 몰아낼 새 빗자루 가져다 놓기.
- 꽃, 열매, 잎으로 화관 만들기.
- 원을 만들기 위한 끈이나 자갈돌 구하기. 바깥에 있다면, 작은 돌을 이용하거나 나뭇가지로 땅에 원을 그리세요.
- 5개의 초를 구하거나 색소와 밀랍으로 직접 초를 만드세요. 하나는 달을 위한 은색 초.
- 그리고 나머지 원소들을 위한 초록색 초, 파란색 초, 노란색 초, 빨간색 초.
- 깨끗한 물이 담긴 작은 그릇과 꽃, 도토리, 잎, 향 그리고 월계수 잎을 태울 향로를 구하세요.
- 캔들 홀더 5개와 라이터를 준비하세요. 성냥은 사용하지 않을 겁니다. 성냥에 포함된 유황이 이 은혜로운 의식의 효력을 중화시켜버릴 테니까요
- 정제되지 않은 소금을 준비하세요.

이제 당신은 의식을 진행하기 위한 모든 준비를 마쳤습니다.

- 원을 그리기 위해 선택된 장소를 깨끗이 청소하세요.
- 생화로 만든 화관을 이마에 쓰세요.

이제 당신은 신성해질 준비가 되었습니다.

- 끈이나 자갈돌로 당신의 공간을 표시하세요.
- 양초는 에너지의 강력한 촉매제입니다. 달을 기리기 위한 은색의 새 양초를 준비하고, 초록색 양초, 파란색 양초, 노란색 양초, 빨간색 양초는 당신이 부정적인 것에서 벗어나도록 하는 데에 씁니다. 양초는 물질세계와 영적세계 사이의 연결을 상징하는 필수적인 요소입니다. 따라서 양초들은 언제 어디서나 종교의식에 쓰이고 있습니다.

- 이제 다음의 정화 의식을 통해 양초들에 혹시나 묻어있을 부정적인 기운을 모두 털어내세요. 소금을 한 움큼 쥐고 양초 위에 뿌려 소금이 부정한 것을 씻어내게 하세요.

그리고 다음의 고대 주문을 외워야 합니다.

Exorcizo te cera per Lunam,

엑소르치조 테 카라 페르 루남,

나는 달을 통해 너에게서 악을 쫓아낼지니,

per Ignem, per Aquam, per Aerem,

페르 이넴, 페르 아쿠암, 페르 아애렘,

불과, 물과, 공기,

per Terram ut puritatem sit in te.

페르 테람 우트 푸리타템 시트 인 테.

땅의 정화가 너에게 내려질 것이다.

초의 심지 부분에서 시작해 끝에 다다르면, 사라지는 듯한 제스처로 주먹을 폅니다.

- 은색 초를 원 한 가운데에 놓고 나머지 초들은 마법의 원의 동서남북 위치에 놓으세요.
  꽃과 꽃잎과 함께 땅을 위해 초록색 초를,
  깨끗한 물이 담긴 작은 접시와 함께 물을 위해 파랑색 초를,
  향 연기와 함께 공기를 위해 노란색 초를,
  마지막으로 월계수 잎이 타고 있는 작은 향로와 함께 불을 위해 빨간색 초를 선택하세요.

- 다른 물건들은 필요 없습니다. 가장 중요한 도구는 당신입니다. 하지만 봉헌물, 꽃, 투명한 물, 조개나 깃털 등으로 신성한 제단을 꾸릴 수도 있습니다.
  춤을 추며 원 안을 시계 방향으로 빙 도세요.
- 은색 초를 손에 들고 원의 중심에 서서 라이터로 촛불을 켜세요. 마음을 차분히 가다듬고 당신의 모든 에너지를

불러오세요.

- 은색 초의 촛불로 시계 방향 순으로 나머지 초들도 켜세요.
- 다시 원 중심으로 돌아와 마녀가 되고자 하는 당신의 개인적인 맹세와 목적을 진심을 담아 말하세요. 원 안에서 당신만의 즉흥 입회 춤을 추고 노래를 부르거나 북을 칠 수도 있습니다.
- 달과 나머지 원소들에게 감사를 표한 다음 초를 끄고 원소들을 나타내는 모든 물건들을 시계 반대 방향으로 치웁니다.
- 마지막으로, 원을 만들었을 때와 반대 방향으로 춤을 추면서 원을 지웁니다.

의식은 끝났습니다. 이제 당신은 자신이 마녀임을 자각하게 되었습니다.

Il tuo nome da Strega

마녀 이름

당신은 이제 새로운 정체성을 입고 다시 태어나려 하고 있습니다. 그렇다면 그에 어울리는 이름이 하나 필요하겠지요.

그리스 로마 신화나 북유럽 신화, 드루이드교* 신앙이나 역사 및 동화 속에 나오는 이름도 좋고, 가상으로 만들어낸 이름도 좋습니다.

* 고대 갈리아 및 브리튼 섬에 살던 켈트족의 종교. 켈트 전설은 가장 유명한 드루이드인 대마법사 멀린이 등장하는 〈아서왕 이야기〉의 기원이 됨.

어떤 이름이 나에게 안성맞춤일지 계속해서 되뇌어 보세요.

보름달이 떠오른 밤, 밖으로 나가 당신이 서 있는 자리 주변으로 원을 하나 둘러놓고 가만히 정신을 가다듬으세요. 달빛을 한가득 받을 수 있도록 밤하늘을 향해 두 팔을 들어 올려 보세요.

그리고 당신에게 주어진 새로운 이름을 크게 세 번 외치는 겁니다.

그 소리가 당신의 마음속에서도 울리도록 말입니다. 이때 당신에게 전달되는 모든 떨림을 온전히 간직하세요.

이제 당신은 새롭게 태어난 정체성과 함께 당신만의 여정을 떠날 채비가 되었습니다.

Il tuo nome da Strega è

나의 마녀 이름은

.... 입니다.

* 에메랄드색, 보라색, 오렌지색으로 적으면 조금 더 깊이 있는 울림이 전달됩니다.

Il tuo Sigillo da Strega

마녀 인장

당신의 개인 인장을 만들기 위해, 당신의 마녀 이름 이니셜을 오각 별모양 안에 쓰세요. 오각 별모양은 위의 꼭짓점이 하나, 아래의 꼭짓점 두 개를 포함해 총 5개의 꼭짓점을 지닌 수호별이랍니다.

조심하세요! 오각별을 거꾸로 그린다면 악마의 상징이 되므로 사악한 기운을 불러오고 말 거예요.

이 인장으로 당신의 초, 물약, 마법의 물건 등에 자신의 소유임을 새길 수 있습니다.

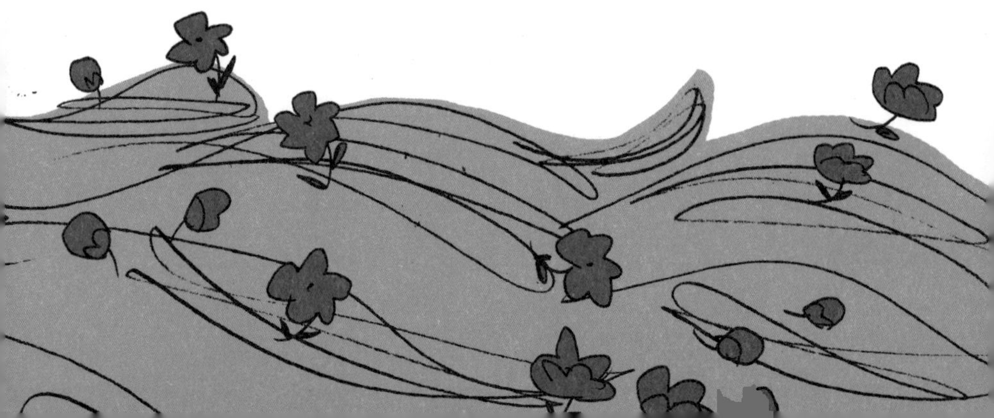

Il giuramento della Strega

마녀 선서

나는 마녀이며
나는 땅, 달, 그리고 온 우주와 함께
특별한 에너지를 갖고 있습니다.

나는 우주가 나에게 준 거대한 힘을 믿으며 언제나
모든 생명체의 선을 위해
행동할 것임을 맹세합니다.

나는 언제나 나의 힘을
자연과 이 땅의 생명체들을 위해

존중하며 사용할 것임을 맹세합니다.

나는 마법의 도움으로 어려움을 이기고
언제나 빛의 길을 걸으며,
평화와 정의의 길을 걸어갈 것입니다.

만약 선을 위해 행동할 것을
지키지 않는다면,
또 나의 힘을 어둠을 위해 사용한다면,
그 악이 나에게 되돌아 올 것임을 알고 있습니다.

나는 마녀입니다.

위 선서문을 옆 페이지에 자필로 옮겨 쓴 다음 서명하세요.

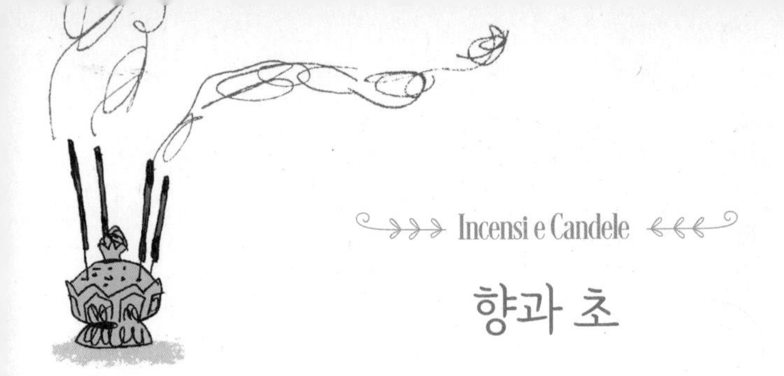

Incensi e Candele

향과 초

이제 당신은 정식 마녀입니다. 여기 여러분이 의식과 주문으로 마법을 행할 때 도움이 될 향과 초 목록이 있습니다.

향

정화
월계수, 백단향
재스민, 라벤더
계피, 소나무

사랑
장미, 파촐리

명상
연꽃, 몰약
재스민

행운
백단향, 은방울꽃

보호
아욱, 버베나

향초의 색

하양
정화, 봉헌,
없는 색을 대체할 수 있는
중립적인 색

검정
제거

분홍
조화, 낭만적인 사랑

빨강
열정, 승리, 생명력

오렌지
힘, 영적인 것, 창의성

노랑
성공, 영리함, 우정

파랑
보호, 영적인 것

초록
비옥함, 행운, 부활

갈색
잃어버린 물건을 되찾기 위해
땅의 영혼들과 소통

보라
초능력, 힘, 품위

금색
부유함, 깨달음

은색
달의 보호

II

Inizio del Percorso
Magico per liberare il tuo Potere

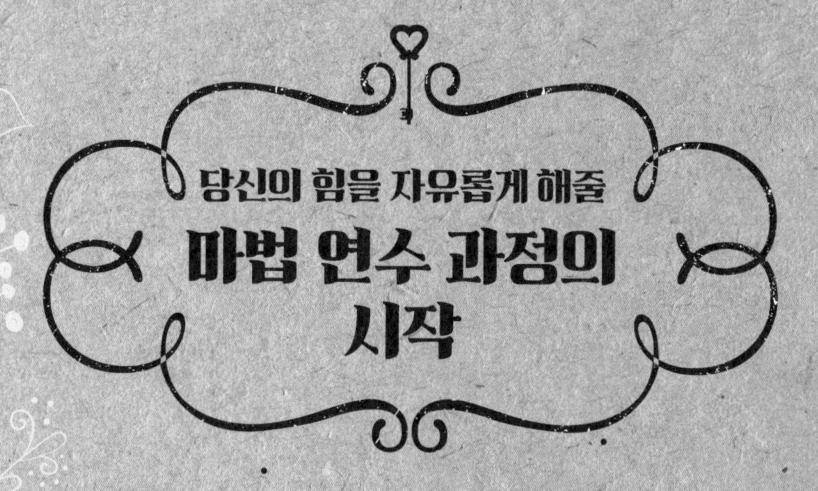

당신의 힘을 자유롭게 해줄 마법 연수 과정의 시작

이 과정을 시작하기 전에, 당신은 마법이 존재함을 굳게 확신하고 있어야 합니다. 그래야만 마법이 당신의 영혼을 자극하게 할 수 있으며 자신의 힘에 대해 깨달을 수 있습니다.

아무도 없는 곳에 혼자 남아 마음을 가다듬으세요. 호흡을 들이마시고 내쉬며 머릿속을 비우려 하세요. 자기 자신에게 집중하고 다음 페이지를 채우세요.

진실되게 임해야 합니다. 자기 자신에게 거짓말 할 수는 없으니까요. 충분히 생각하며 작성하세요.
무엇보다 정말로 원하는 것이 무엇인지 곰곰이 생각해 보세요.
그래야만 소원이 이뤄질 겁니다.

아직 큰 깨달음을 얻지 못했지만, 이 훈련은 당신이 마법 연수 과정을 시작할 수 있도록 도울 것입니다.

이제 다음의 질문들에 솔직하게 답해보세요.

나는 나를 어떻게 생각하나요?

다른 사람은 나를 어떻게 생각하나요?

나는 나를 어떻게 여기나요?

1. ....

....

2. ....

....

3. ....

....

지금 나를 나타내는 색깔은 무엇인가요?

나의 소원은 무엇인가요?

1. ....

....

2. ....

....

3. ....

....

나는 무엇이 되고 싶은가요?

1. ....

....

2. ....

....

3. ....

....

L'ultimo sogno che ho fatto

마지막으로 꾼 꿈

꿈은 당신에 대해 많은 것을 보여줍니다. 꿈은 현실과 마법 세계 사이를 연결하는 다리와 같습니다. 아직 명확히 이해할 수 없는 다양한 도형과 기호, 메시지, 상징들로 가득합니다. 꿈은 마법이라는 재료로 만들어지는 법이니까요.

침대 머리맡에 이 책을 놓아두세요. 아침에 일어나자마자 책을 펼쳐 전날 밤에 꾼 꿈에 대해 낱낱이 적으세요. 단, 아주 사소한 것까지도 빠트리지 말아야 합니다. 그것이 가장 중요한 것일 수도 있으니까요.

새로운 여정을 앞두고 당신이 꾼 꿈은 무엇인지 여기에

적어 보세요. 그리고 그 꿈이 개인적으로 당신에게 어떤 의미가 되는지도 적어보세요.

꿈

의미

Gli Animali Magici

마법의 동물들

동물은 언제나 꿈에 생명력을 불어넣고, 대대로 전해 내려오는 상징물처럼 우리 상상 속에 삽니다.

모든 마녀는 강력한 초능력을 부릴 수 있는 카리스마 넘치는 동물을 언제나 한 마리씩 데리고 있습니다.

I famigli

부하이자 친구들

이 부하들은 마녀의 조력자들입니다. 길들여진 동료들은 보호자의 힘이 화신으로 나타난 겁니다. 마녀를 위한 착

한 정령들은 종종 고양이, 토끼, 까마귀, 흰 족제비, 늑대, 뱀, 올빼미 및 기타 맹금류의 몸속에 사니까요.

꿈속의 부하는 마녀에게 충실하고도 떼어 놓을 수 없는 친구입니다. 종종 마법의 의식이 진행되는 동안 강력한 초능력의 촉매제 역할로 마녀에게 도움이 되어 줍니다.

아마 당신이 키우는 애완동물 중에도 있을지 모릅니다. 만약 애완동물을 키우고 있지 않다면, 한 마리 입양하세요. 그 동물이 당신을 선택한 것일 수도 있습니다. 기억하세요. 이 세상에 동물을 사랑하지 않는 마녀는 없습니다.

Il mio animale sacro
신성한 동물

당신은 혼자가 아닙니다. 언제나 곁에는 영적인 가이드, 즉 자연의 힘과 연결되어 움직이며 당신만의 토템 동물로 나타난 본질적인 진실이 있기 때문입니다.

아직 이해가 되지 않는다면, 지금까지 꿈속에서 만났던 동물들, 왠지 당신과 연결되어 있다고 느끼며 큰 사랑을 주었던 동물들, 당신이 특별히 아꼈던 동물들을 떠올려 보세요.

이제 당신의 동물 토템이 마음속에 살며 언제나 가까이서 당신을 보호하고 지킬 준비가 되어 있단 것을 알았습니다. 또한 당신이 영적 재발견을 향해 걸어 나가는 길을 함께해줄 것임을 압니다. 고대 샤먼들 또는 물리적 세계와 영적 세계 사이의 중개자들, 인간 세계와 영혼들의 세계 사이의 중개자들이 그러했던 것처럼, 토템 동물의 안내를 받아 빛의 길을 따라가세요. 선택받은 동물의 힘이 당신을 이끌도록 내버려 두세요.

Invocazione del mio Animale Sacro

나의 신성한 동물 소환하기

내적 존재와 연결되어야 할 때 특별한 소환 주문을 외우면 됩니다.

당신이 선택한 동물에 따라 이 소환 주문을 혼자 만들어야 합니다. 그 동물의 특징과 장점에 집중하세요. 그리고 그 특징과 장점으로부터 삶의 앞날을 향해 나아갈 힘을 끌어모으세요.

당신의 동물을 불러 이루고자 하는 바를 이야기 해주세요. 당신의 신성한 동물은 언제나 함께하며, 부를 때마다 도우러 달려와 줄 준비가 되어 있으니까요.

나의 소환 주문은

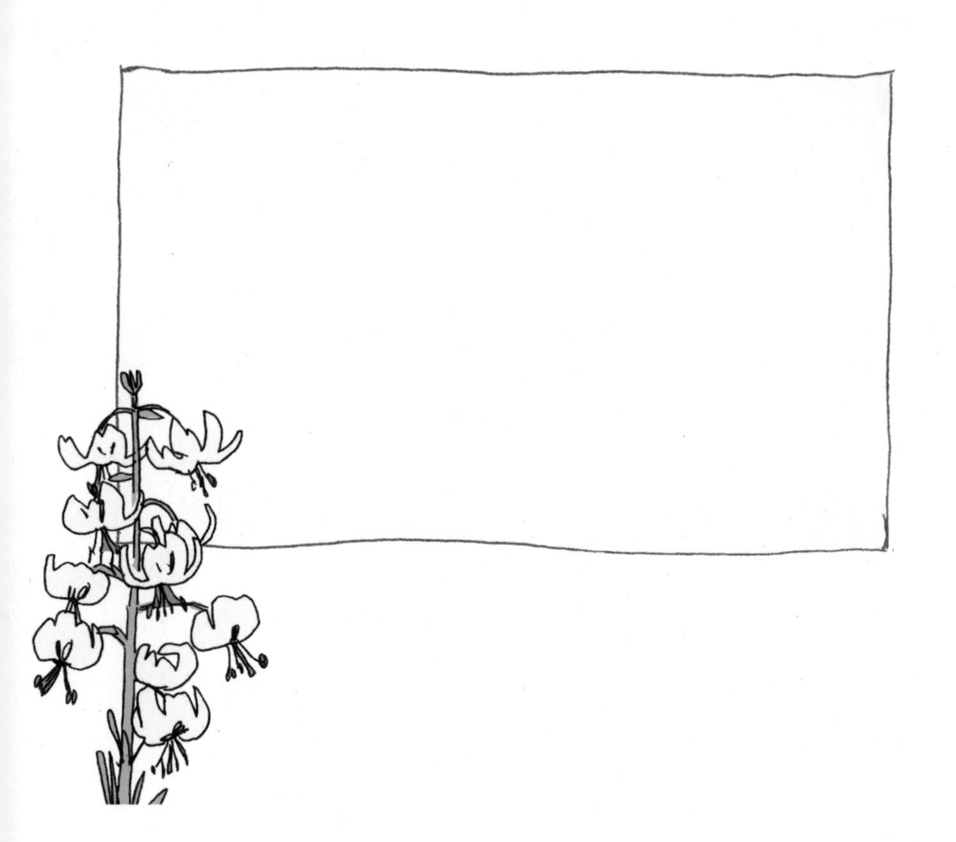

Ascolta la Natura

자연에 귀 기울이기

당신은 온 우주에 대한 존경을 담은 서약문에 서명을 했습니다. 존경에는 '듣는 것'이라는 은혜로움도 포함됩니다. 자연과 접촉하고, 자연과 조화를 이루어 움직이고, 자연에 귀를 기울이세요. 바람과 꽃잎의 살랑거림과 돌의 온기와 물의 흐름을 전하고 있는 자연의 진동을 느껴보세요. 지금 당신에게 도움이 되는 한마디를 속삭이고 있습니다. 당신은 그 조언들을 따르게 될 테고요. 자연을 유심히 관찰해 보세요. 그러면 모든 것이 더욱 잘 이해될 거예요.

당신의 토템 동물은 당신이 자연에게 귀를 기울일 수 있도록 도와줄 겁니다. 또 자연에 공존하는 활동 에너지와 수용 에너지가 이루는 균형의 일부가 되도록 도와주며 우주와 더불어 당신이 하나의 마법적 실체가 되도록 도울 것입니다.

마법의 길에 들어서면선 당신은 바라는 무엇이든 될 수 있는 세계에 들어온 것입니다. 그러니 모든 생명체에게 친절해져야 합니다. 온 우주와 늘 함께하며, 우주의 적이 되지 마세요. 자연이 곧 우리의 종교이며 지구가 당신의 사원이기 때문입니다.

마법 달력과
계절 의식

마녀의 모든 의식은 마법 달력에 따라 치러집니다. 마법 달력은 자연의 리듬을 따라 만들어지고요.

마법 달력은 아주 오래되었으며 땅의 주기와 연관되어 있습니다. 마법 달력의 기념일은 다신교와 정교회 외에 그리스도교 기념일과 부합되는 날짜도 많습니다.

춘분 · 추분, 하지 · 동지는 의식과 안식일에서 매우 중요한 시기입니다. 세계 간의 통로가 열리는 것을 뜻하기 때문이기도 합니다. 마녀의 행사에 대해 더 자세히 알고 싶다면, 여기 유용한 날짜 정보가 있습니다.

MABON: 9월 21일, 추분

SAMHAIN: 10월 31일, 켈트족의 신년

YULE: 12월 21일, 동지

IMBOLC: 2월 1일, 여신 브리짓과 주노네를 위한 거룩한 날

OESTARA: 3월 21일, 춘분

BELTHANE: 5월 1일, 드루이드교 축제 '빛나는 불'

LITHA: 6월 21일, 하지

LUGNHASSADH: 8월 1일, 곡식 축제

III
Credi nel tuo Potere

당신의 힘을
믿으세요

마법의 세계에 발을 들이게 된 당신은 스스로의 힘을 믿어야 합니다. 당신의 마법적 잠재력을 받아들이고 꾸준히 길러가야 합니다.

오직 자신만이 자신의 잠재력이 무엇인지 압니다. 그러므로 당신의 장점과 단점, 당신이 발산하는(부정적이든 긍정적이든) 진동을 정직하게 인정하며 빛을 향해 걸어 나가세요.

긴장을 풀고, 명상을 하며, 원하는 만큼 시간을 충분히 가지세요.

마법 연수 과정은 진지한 작업이며 주인공은 바로 당신입니다.

머릿속으로 '내가 곧 힘이야'라고 되뇌는 것을 늘 기억하세요.

나의 장점은 무엇인가요?

1. ....

....

2. ....

....

3. ....

....

4. ....

....

5. ....

....

6. ....

....

7. ....

....

나의 단점은 무엇인가요?

1. ....

....

2. ....

....

3. ....

....

4. ....

....

5. ....

....

6. ....

....

7. ....

....

Rilascia il tuo Potere

당신의 힘을 해방 시키세요

마법에서 가장 중요한 요소는 바로 자신과 자신의 의지임을 언제나 기억하세요. 이를 인지하지 못한다면 어떤 마법도 걸리지 않고 어떠한 변화도 일어나지 않을 겁니다. 당신이 곧 마녀니까요.

이제 영혼과 연결되었으니, 마법을 실질적인 삶에 적용시킬 준비가 되었습니다. 하지만 무엇보다 신중을 기해야 하며, 부정적인 영향으로부터 자신을 보호하고 자신의 힘을 더욱 강화시켜야 합니다. 마법과 당신의 삶 사이의 균형을 이루는 것은 아주 섬세한 일입니다. 당신은 각종 악과 시기 질투, 부정으로부터 자신을 지켜내야 합니다. 모든 마녀들이 언제나 감당해왔던 것들이지요.

당신의 액막이를 위해 부적이나 오각 별모양, 마법의 돌, 모조 백 등 악을 퇴치해줄 무언가가 필요합니다.

마법의 주머니를 만드는 법을 배워두면 언제라도 도움이 될 겁니다.

Mojo Bag

모조 백

콩고족의 방언에서 '모조mojo'라는 단어는 '영혼'을 뜻합니다. 모조 백은 피부와 닿도록 옷 아래 숨겨 넣고 다니는 작은 주머니를 말합니다.

보통 모조 백은 천연색의 옷감이나 가죽으로 만들어지며, 사용자의 취향에 따라 조개, 돌, 허브, 꽃, 재, 머리카락, 씨앗 등 마법적 잠재력을 가진 재료들로 채웁니다. 바느질 또한 직접 하지요.

재료가 채워지고 나면, 안에 숨을 후 불어 넣어 모조 백을 활성화시킵니다. 마법적인 물건에 생명의 숨결인 'afflatum아플라툼'을 선사하기 위해서랍니다. 모조 백을 닫고 빗방

울, 향료 또는 당신의 눈물로 '특별함'을
부여할 영양분을 줄 수 있습니다. 소유주
외의 누구도 이 모조 백을 건드릴 수 없으며 만약
누군가 만지게 되면 모조 백은 오염됩니다. 이 마법의
주머니는 살아있는 존재처럼 여겨지고 다뤄져야 하며
존중되어야 합니다.

이 마법 주머니는 번영, 자존감, 사랑을 위한 마스코트로 사용할 수 있습니다. 또한 이 주머니는 사용자가 무엇을 바라며 어떤 재료를 사용하느냐에 따라 달라집니다. 모든 재료는 고유의 진동과 특성을 지닙니다. 그러므로 당신만을 위한 모조 백을 만들기 위해선 당신이 원하는 바에 초점을 맞추는 것이 매우 중요하겠지요.

보편적인 레시피란 없습니다. 여기 몇 가지 예가 있지만, 당신이 진심으로 마음을 담아 재료를 고르고 허브와 꽃을 수집하고 말려 사용하라고 조언 드리고 싶습니다.

Realizza una Mojo Bag
모조 백 만들기

면 또는 실크, 플란넬 소재의 작은 천 조각을 준비하세요. 당신에게 가장 영감을 주는 색상이면 좋습니다. 천을 접고 안을 채울 입구만 남겨둔 채 측면을 바느질합니다. 위에는 오각 별모양 혹은 개인 마녀 인장을 그려놓을 수도 있습니다.

이제 주머니 안에다 채울 다양한 재료를 소망을 담은 기도로 정화하세요. 재료들을 땅에 뿌려 빗물에 씻겨지도록 하세요. 땅과 빗물 모두 정화의 힘이 있으니까요.

그 다음 당신이 바라는 것에 강하게 집중하면서 주머니 안을 재료로 채우세요. 안에 숨을 불어 넣어 생명력을 부여하고, 레이스 끈이나 컬러 리본으로 잘 여매세요. 이때 당신의 소원 개수와 동일한 횟수로 매듭을 지어줍니다. 한번 매듭을 묶을 때마다 소원을 소리 내어 말해야 합니다.

당신의 마법 주머니에 향료나 눈물 또는 빗물 한 방울을 떨어트려 주세요.

마법 재료들을 잘 구성하고 싶다면 모조 백의 재료로 쓰이는 마법의 식물과 돌의 특성을 잘 봐두도록 합니다.

이 재료들은 언제라도 당신에게 도움이 되는 것이니 재료 구별법을 잘 알아 두세요. 자연과 접촉하며 자연이 당신에게 말을 건넬 수 있도록 해주세요.

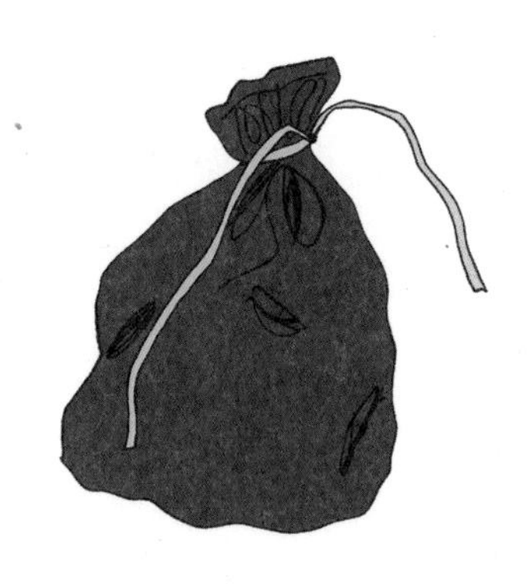

마법의 식물, 향신료, 꽃

안식향 - 지성의 힘
당산사나무 - 비옥함
유리지치 - 건강, 자존감

마늘 - 조화, 악한 생명체로부터 보호
자주개자리 - 번영, 행운
월계수 - 힘, 정화
알로에 - 치유력
딜 - 영적 강화와 보호
안젤리카 - 보호, 사랑
아위 - 정화, 악령으로부터 멀어짐

금잔화 - 내면의 힘, 치유
계피 - 사랑, 행운
인동초 - 순수한 사랑
체리 - 매력, 사랑
팥배나무 - 행복, 보호

타라곤 - 보호
유칼립투스 - 상쾌한, 예언
풀고사리 - 보호, 사랑
물푸레나무 - 구마, 오딘의 신성한 식물

재스민 - 순수한 사랑
노간주나무 - 자존감, 보호
해바라기 - 비옥함

서양 침엽수 - 부정적인 기운 흡수
히솝 - 보호, 구마

라벤더 - 보호, 균형
감초 - 레몬 - 정화, 에너지

마요라나 - 변화 수용, 보호
석류 - 비옥함, 행운
박하 - 보호, 구마
물망초 - 기억, 충실한 사랑
은매화 - 신들에게 봉헌, 번영, 사랑

너트멕 - 유혹

양귀비 - 힘, 꿈과 비전
파출리 - 매력
검은 후추 - 부정적인 것을 쫓아냄
고추 - 행운, 구마
빙카 - 사랑, 매력
복숭아꽃 - 사랑, 재생
자두 - 사랑, 번영

오크 - 신성함, 초능력, 자존감

장미 - 사랑, 열정
로즈마리 - 보호, 사랑

쥐오줌풀 - 조화, 보호
바닐라 - 매력, 균형
버베나 - 열정, 창의성, 보호
베티버 - 평온, 수동적 매력
오랑캐꽃 - 열정, 사랑, 기쁨
겨우살이 - 드루이드의 신성한 꽃, 사랑, 보호

샐비어 - 정화, 초능력
백단향 - 명상, 정화

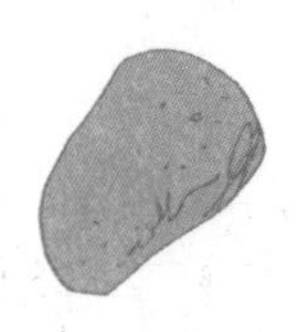

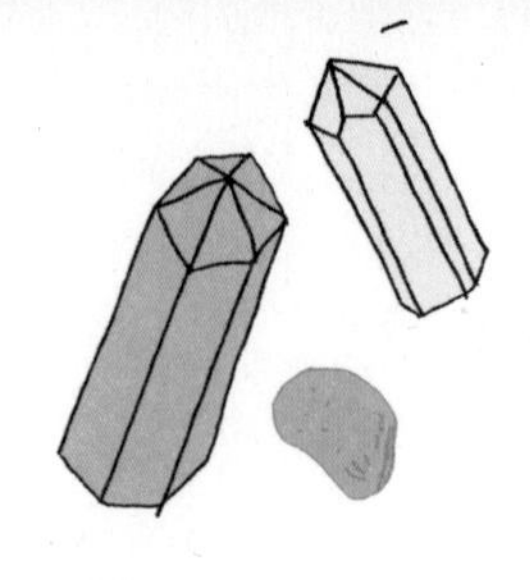

돌, 크리스탈, 호박과 산호

남옥 - 사랑

마노 - 승리

호박 - 힘, 지혜

자수정 - 보호하는

산호 - 열정, 악을 몰아냄

홍옥수 - 용기

옥 - 행운, 내세에서의 보호

석류 - 의지, 육감

호랑이의 눈 - 영감, 교제, 보호

오닉스 - 균형, 자존감

진주 - 덕

월장석 - 내적 균형

수정 - 통찰력, 긍정에너지

루비 - 육감, 방어

에메랄드 - 우정, 순수한 사랑

황옥 - 기쁨

전기석 - 초능력, 창의력

터키옥 - 불멸, 자존감

사파이어 - 시기 질투에 대항

Mojo Bag di protezione

보호용 모조 백

당신의 첫 번째 모조 백은 보호의 기능을 하므로 당신이 어떤 악이라도 피하는 데에 유용할 것입니다. 당신이 선호하는 재료를 선택하거나, 다음 예에 나온 재료들에 다른 재료를 추가할 수도 수 있습니다.

호랑이의 눈
월장석
아위 가루 한 꼬집
말린 붉은 고추 한 개
도토리 한 개
풀고사리 한 덩굴
향 피운 재
말린 월계수 잎 몇 장

제라늄 에센스 오일 한 방울을 떨어트려 모조 백을 활성화하세요.

IV

Stima Te Stessa

스스로 존중하기

자존감을 단단히 세우는 것은 마녀 연수생들에게 아주 중요하고도 험난한 과정입니다.
하지만 스스로를 믿지 못한다면, 영영 자신에게서 나오는 거대한 힘의 주인이 되지 못할 것입니다.
여기 당신의 자존감을 위한 몇 가지 비법이 있습니다. 고대의 수련과 목표에 맞는 주문을 이용한다면, 마법의 힘이 당신의 두려움 및 확신을 방해하는 모든 요소들을 없애고 진정한 자신을 드러낼 수 있도록 도와줄 겁니다.
평범한 마녀가 되고 싶지 않다면, 모임에 가입된 당신과 비슷한 사람들 사이에서 위안과 지지를 얻으세요.

Raggiungi l'Autostima

자존감 높이기

자기 자신을 믿는 것이야말로 당신의 힘을 키우기 위한 가장 중요한 연습입니다.

자기 자신을 소중히 여기지 않는다면 사람들은 당신을 존중해줄 수도 믿어줄 수도 없습니다.

당신만이 지닌 에너지에 대해 확신하지 못한다면, 아무리 에너지를 지니고 있어도 그 에너지를 흐르게 하거나 뿜어내기가 어려울 것입니다.

언제나 기억하세요. 당신이 바로 힘입니다.

마음속의 불안은 모두 거두고 하려는 일을 굳게 믿으세

요. 마법의 선물을 받아낼 힘이 생길 것입니다.

당신은 일상과 마법의 세계 사이를 오가며 부정적인 기운은 물리치고 긍정의 기운은 온통 끌어들일 준비가 된 촉매제나 다름없습니다. 그리고 지금이야말로 스스로 닫힌 문이 될 것인지 열쇠가 될 것인지 선택할 순간입니다.

물론 당신은 열쇠가 될 것입니다. 섬세한 에너지의 촉매로서 현실 세계와 마법 세계를 이어주는 연결 고리가 될 것입니다.

Rituale del Cerchio Sacro

신성한 동그라미 의식

이 의식은 당신이 세상에서 어떤 위치에 있고, 나의 우주에서 주변 사람들은 어떤 위치에 있는지 이해하는 데 매우 유용합니다.

누가 당신의 결심이나 행복을 방해하는지, 누가 당신 가까이에 있기를 바라고 누가 멀리 있기 바라는지 알게 해줍니다.

또 신성한 공간에서 누가 빠져야 당신에게 좋을지 이해하도록 도와줍니다.

- 이 의식은 자아 인식으로 스스로에 대해 최대한 진실하

고 집중하는 것이 필요합니다.

- 샐비어 가지 한 묶음 또는 연꽃 향 몇 개를 태워 정신을 집중하고 마음을 여는 데 도움받으세요.

- 향기로운 연기가 퍼져 의식을 위해 주변을 정화할 수 있도록 두세요.

- 정신을 집중하고 다음 페이지에 그려진 그림을 채워 보세요.

나의 이름
나와 가까운 사람, 감정, 존재들
나의 초대 하에 신성한 공간에 들어
올 수 있는 것
나의 인생에서 멀리하고 싶고
연관되지 못하게 하고 싶은 것

종이에 동심원 세 개를 그리세요. 왼쪽의 그림을 사용해도 됩니다.

가운데 원에 당신의 이름을 또박또박 선명하게 쓰세요. 당신의 우주에서 중심은 당신이니까요.

가운데 원의 바깥 원에는 당신이 당신과 가깝다고 느끼며 당신의 삶에서 떨어트려 놓고 싶지 않은 사람들의 이름, 감정, 또는 존재 등을 쓰세요.

가장 바깥 원에는 특정한 초대가 있을 때에만 당신의 신성한 공간에 들어올 수 있는 모든 것을 쓰세요. 오직 당신이 그러고 싶을 때만 원하는 가족, 친구, 감정이나 상황 등.

신성한 원의 바깥에는 당신의 삶에서 멀리 떨어졌으면 좋겠다고 생각하며 연관되지 않고 싶은 모든 것을 적으세요.

사람의 마음은 바뀔 수 있으므로, 주기적으로 이 의식을 반복하며 당신의 신성한 원이 어떻게 바뀌어 가는지 지켜봐야 합니다. 이 신성한 원 그리기는 자기 자신에게 집중해 잠재력을 키우면서 내 삶을 정리하고 부정적인 것들을 멀리 떨어트려 줄 아주 유용한 방법입니다.

한가지 더, 당신을 행복하게 만드는 것에만 온전히 전념할 수 있는 나만의 '신성한 시간'을 자신에게 주세요.

Incantesimo di Autostma

자존감의 마법 주문

이제 당신의 장점에 집중하고 마법의 도움을 받아 용기를 얻으세요.

다음 재료들을 준비합니다.

오닉스
홍옥수
터키석
노간주 나뭇가지

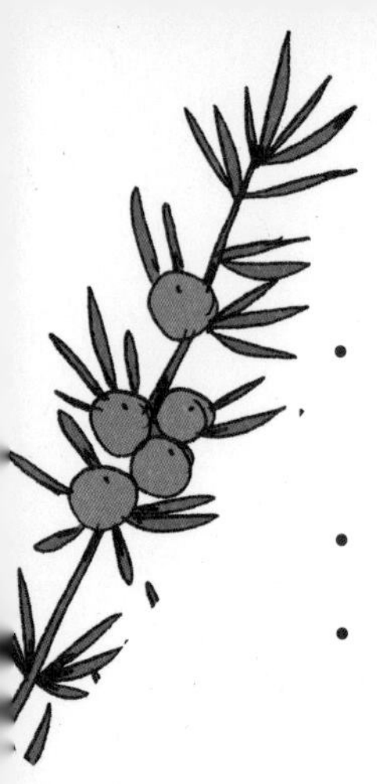

- 홍옥수는 자기 자신에 대한 믿음과 용기를 불어넣어 줍니다.
- 오닉스는 자존감을 지켜주고 더 높여줍니다.
- 터키석은 부정적인 것들을 멀리 몰아내주며, 정서적 안정감을 주고 소통을 원활하게 해줍니다.

초승달이 뜬 밤에 빗물로 재료들을 정화하세요. 한 번도 쓰지 않은 하얀색 새 린넨 천으로 재료들을 닦으세요. 노간주 나뭇가지를 태워 재료를 꼼꼼히 정화하세요.

주머니에 돌을 보관하고, 필요할 때 만지면서 돌의 힘을 흡수하세요. 그리고 당신이 자신감을 잃었다고 느낄 때 이 돌을 떠올리세요. 당신이 만든 주문을 함께 외운다면 더욱 힘이 날 겁니다.

마법 거울

거울 안에 당신의 장점과 단점을 적으세요. 그리고 깊게 성찰하며 단점을 인정하고 콤플렉스를 버리는 법을 연습하세요.

이제 무엇이 당신의 자존감을 방해하는지 생각해 보세요. 그리고 당신의 자존감을 해치는 그것에 대해 적어보세요.

....

....

....

....

....

....

이번에는 당신이 이룬 가장 멋진 성취에 대해, 그리고 당신이 기억하는 가장 모욕적이었던 상처에 대해 적어보세요.

....

....

....

....

....

....

Quali sono le Mie Paure

내가 가진 두려움은 무엇인가요?

나의 두려움에 대해 적어보세요. 두려움의 형태가 명확해야 당신이 그 두려움을 확실하게 이겨낼 수 있으니까요.

나의 두려움은

Come difendertí da chi mina la tua autostima

내 자존감을 해치는 사람으로부터 나를 지켜내기

당신의 결단력과 이해력을 믿으세요. 당신이 얼마나 가치 있는지 잘 알고 있습니다. 그저 휘둘리는 사람이 아니라 당신을 숨 막히게 하려는 사람을 가려내는 지혜를 지녔음을 알고 있습니다. 당신의 연인, 가족, 친구의 결점을 떠올리고 그들의 가치와 결점 사이의 균형을 찾아보세요. 만일 조화를 찾기 힘들고 부정적인 관계가 있다면, 그 사람과는 멀어지세요. 지금도 늦지 않았습니다. 혼자가 되는 것을 너무 두려워하지 마세요. 빛의 길로 향하기 위해 꼭 필요한 힘은 어차피 자신에게서 발견될 테니까요.

Prove per vincere le tue paure

두려움을 이기기 위한 시험

이제 당신은 두려움을 이길 수 있으며, 그 두려움을 인식하고 물리칠 수 있습니다. 한번 시험해 보세요. 당신이 해낼 용기가 없어서 하지 못했던 것을 시도해보세요. 마법이 당신을 도와줄 겁니다.

그리고 용기를 내 시도한 뒤에는 당신이 행복해지는 무언가를 스스로에게 선물하세요.

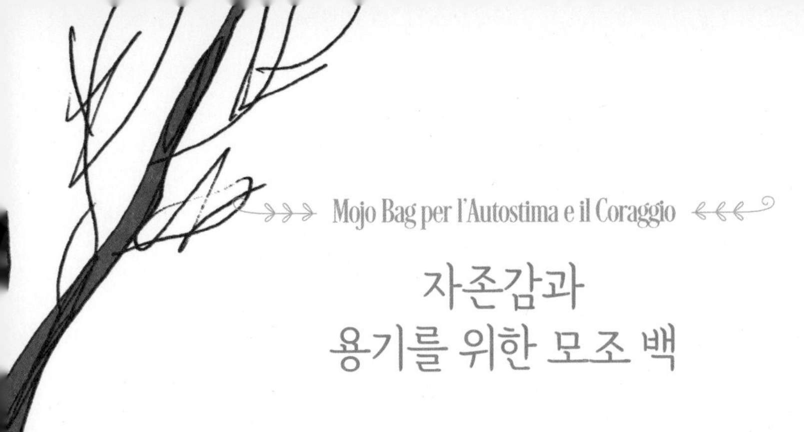

Mojo Bag per l'Autostima e il Coraggio

자존감과 용기를 위한 모조 백

특별한 상점에서 이 재료들을 구입하세요. 당신만의 모조 백을 만들어 밤이나 낮이나 그 모조 백을 피부에 닿게 착용하세요. 필요할 때마다 수시로 모조 백을 만지세요. 당신의 힘이 깨어날 겁니다.

유리지치 잎　　금잔화 꽃　　바닐라 껍질

팥배나무 씨　　홍옥수　　수정　　안식향 한 조각

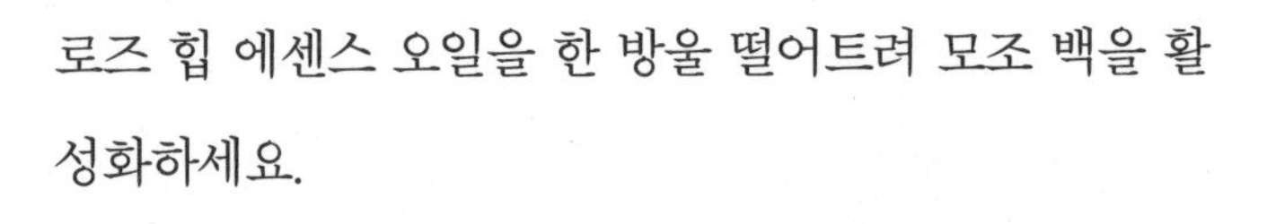

로즈 힙 에센스 오일을 한 방울 떨어트려 모조 백을 활성화하세요.

모임의 힘

당신과 비슷한 여성들을 만나 위안과 동질감을 찾으세요. 다른 마녀들과 각자의 안식일과 의식을 함께 기념하면서 여성의 힘을 키우고 '자매의 힘'을 키우세요. 자매 마녀들은 어려운 순간에 당신을 도와 함께 극복해줄 것이며 승리에 함께 기뻐하고 감사해할 겁니다. 그렇게 여러분의 힘은 더욱 커지겠지요.

Rituale del cerchio della sorellanza

자매들의 원 의식

달에게 감사를 표하기 위한 은색 초모임의 각 구성원이 하나씩와 꽃과 크리스털 유리 등 달에게 바치는 봉헌물이 담긴 접시를 미리 준비하세요.

자매들과 한적하고 적절한 장소를 찾으세요. 옷을 벗고 봉헌물이 담긴 접시를 중앙에 놓고 각자의 초들을 주변에 놓으세요.

봉헌물과 초 주변에 원을 두르고 서세요. 그리고 첫 번째 초에 불을 붙이고, 그 촛불로 나머지 초도 밝히세요. 원을 유지한 채 서로의 손을 잡고 달빛 아래에서 춤추고 노래하세요.

이 의식은 여러분의 힘을 강화시켜 줄 것이며 서로를 더욱 단결시켜 줄 것입니다.

V

liberati dalla Negatività

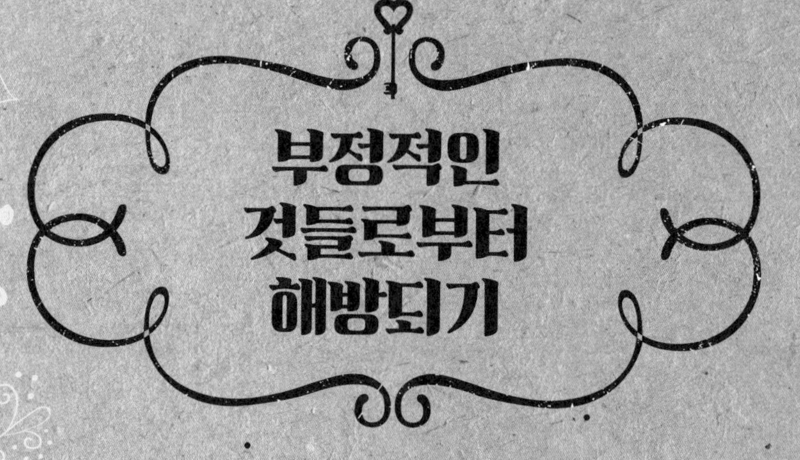

부정적인 것들로부터 해방되기

인생에서 변화시키고 싶은 것과
행복을 가로막는 것을 잘 생각해 보세요.
당신이 인생에서 바꾸고 싶은 것 세 가지와
절대 바뀌지 말아야 할
중요하다고 생각하는 것 세 가지를 적어보세요.

내가 바꾸고 싶은 것 세 가지

1. ....

....

....

....

....

2. ....

....

....

....

....

3. ....

....

....

....

....

중요한 것 세 가지

1. ....

....

....

....

....

2. ....

....

....

....

....

3. ....

....

....

....

....

Incantesimo per Allontanare Persone e Influssi Negativi

부정적인 사람이나 영향을 멀리하는 주문

당신이 사는 곳에 악한 영이나 원치 않는 사람들이 들어오지 못하도록 하기 위해 소금, 후추 곡물과 말린 쥐오줌풀 잎을 문 입구에 뿌립니다.

그리고 다음과 같이 말합니다.

내가 원하지 않는 사람은
그게 누구건 이 문지방을 넘을 수 없다

작은 주머니에 재료들을 넣어 도어 매트 밑에 둘 수도 있습니다.

* 현관문에 말린 히솝 풀이나 풀고사리 식물 가지를 걸어 놓는 것도 보호와 물리침에 효과적이랍니다.

Come Affrontaregli Eventi Negativi

부정적인 사건에 대응하는 법

모든 부정적인 사건은 오히려 긍정적인 잠재력을 지니고 있습니다. 자신에게 불행한 일들이 많이 일어나고 있다 생각될지라도, 그 일을 더 나아지기 위한 자극제로 여겨야 합니다. 자기 자신을 더 잘 알게 해주며 긍정적인 것을 향한 새로운 문을 열어줄 자극이라고 여기는 것이죠.

부정적인 사건에 자극을 받아 긍정적인 결과로 바꾸어 맞서는 것을 '회복 탄력성'이라 합니다. 포기, 절망, 질병 등의 사건을 겪은 후에 경험할 수 있는 숭고한 변화를 말합니다.

당신의 변화의 힘은 위대하며 우주는 당신에게 중요한 것을 가르쳐 주고 있습니다. 그게 무엇인지 귀 기울여 보세요.

당신은 마법의 도움으로 자신을 더 위대하게 만들 계획도 잘 세울 수 있고, 더욱 강해질 수 있으며, 긍정적인 힘을 이끌어 낼 수 있습니다.

운명을 이롭게 하는 모조 백

다음의 재료를 준비하세요. 그리고 모조 백을 활성화시키기 위해 숨을 불어 넣으세요. 박하 에센스 오일을 스며들게 하고 옷 안에 착용하세요.

작은 호박 조각 하나
말린 네잎 크로버 한 장
옥 조각 하나
모래 한 꼬집
후추 소량
작은 조개껍질 하나

사랑 얻기

사랑의 주문은 효과가 있으며 이 마법을 풀기는 매우 어렵습니다. 또 매우 강력한 마법입니다. 이제 막 마법의 세계에 발을 들인 초보 마녀가 주문을 외운다고 해도 말이지요. 사랑의 주문을 걸기 전에 반드시 자신의 의지는 물론 주문이 걸릴 대상, 주문의 방향성이 확실해야 합니다.

이 마법은 마지막으로 쓰는 해결책이어야 합니다. 그리고 정화와 명상 의식을 엄숙히 따라야 합니다. 마녀의 에너지 흐름이 긍정적이고 우주와 조화를 이루고 있도록 말입니다. 다만, 당신을 사랑에 빠지게 했던 성격, 매력 등이 온데간데없이 사라질 수도 있습니다.

더 높은 힘을 가진 마녀만이 당신의 마법을 풀 수 있기 때문에, 실수를 하거나 후회를 해도 소용없습니다.

사랑을 아무래도 잊을 수 없다면, 이 주문을 걸어 보세요.

Incantesimo per Dimenticare un Amore

사랑을 잊기 위한
마법 주문

초승달이 뜬 밤에, 안젤리카 에센스 두 방울을 잘 발라 놓은 어두운색 초를 켜세요.

당신이 잊고 싶은 사람의 이름을 일곱 장의 종이에 모두 한 번씩 검은색 잉크로 쓰세요.

종이에 작별의 입맞춤을 하고 촛불에 태워 버리세요. 그 다음 촛불을 끄세요.

이제 당신은 그 사람에 대한 집착을 얼마든지 떨쳐낼 수 있습니다.

Visualizza l'uomo ideale

이상형 그리기

이제 당신은 자유롭습니다. 집중하고 당신의 이상형을 그리세요. 눈동자 색깔과 머리카락 색깔, 나이, 성격을 상상해보곤 이를 적으세요.

이 주문은 오직 당신의 에너지 범위와 관련 있습니다.

이 주문이 마법의 문을 통과하기에 알맞은 에너지를 당신에게 줄 것입니다. 그리고 당신은 좀 더 강해진 자의식과 정화된 자신을 느낄 겁니다. 당신은 이제 몸과 마음으로 새로운 감정을 받아들일 준비가 되었습니다.

Incantesimo della Ventunesima Notte

21번째 밤의 마법 주문

그달의 21일을 기다리세요. 그리고 샘물에 다음 재료를 넣고 7분 동안 우려내세요.

붉은 장미 꽃잎 한 줌
갈은 생강 뿌리 소량
오랑캐꽃 일곱 송이
오렌지 껍질 하나
말린 타라곤 한 줌
계피 한 줄기

달인 물을 유리병에 담아 다음 달 21일이 올 때까지 서늘한 곳에 숨기세요.

아욱이나 재스민의 생화 또는 말린 꽃을 띄운 따뜻한 욕조에서 목욕하세요.

욕조에서 나와 유리병에 담긴 마법의 물약을 온몸에 뿌립니다. 몸을 헹구지 말고 그대로 깨끗하고 하얀 수건으로 가볍게 두드려 말리세요.

촛불을 강하게 응시하면서 다음을 7번 외우세요.

불아, 나의 열정을 밝혀줘
달아, 나의 소원을 이끌어 줘
태양아, 나에게 매력을 선물해 줘
나는 어제보다 더 아름다워질 거야

손가락으로 초를 끄고 하얀 시트가 깔린 침대에 누워 당신의 이상형을 떠올려 보세요. 깨어나면 당신은 새롭고도 흥미로운 탐험을 할 준비가 되어 있을 겁니다.

Incantesimo per Riconoscere l'Amore Vero

진실한 사랑을 분별하는 마법 주문

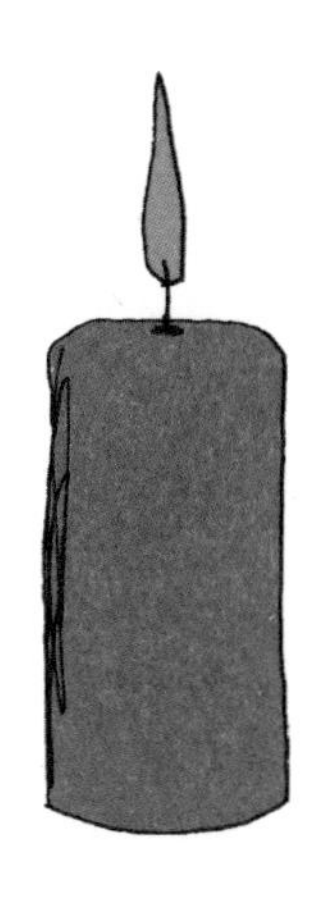

당신에게 만일 연인 또는 곁에 있는 그 남자가 좋은 남자인지 확신이 없다면, 마법을 이용해 알아내 보세요.

호두를 두 쪽으로 나누고, 안을 비운 다음 그 알맹이를 달에게 바치세요. 말린 붉은 장미 태운 재와 오래된 거미줄을 준비하세요.

호두 껍데기 안에 당신의 머리카락 한 올과 남자의 머리카락 한 올을 넣고 거미줄과 장미를 태운 재도 넣으세요. 그 위에 너트멕을 뿌리세요.

빨간 밀랍으로 호두를 밀봉하세요.

사랑하는 사람의 옷 주머니에 이 부적을 숨기고 그가 그것을 찾게 될 때까지 기다리세요.

그런 다음, 반응을 기다리세요. 만일 그 남자가 그 부적의 진가를 알아본다면, 당신과 그 남자는 같은 마법의 길을 걷고 있는 겁니다. 만일 부적의 진가를 알아보지 못한다면, 빗자루를 타고 가능한 한 멀리 날아가 버리세요.

Incantesimo di Fedeltà

믿음의 마법 주문

만일 당신이 그의 유일한 사랑이 아니라면, 이 마법을 써 보세요. 적어도 달의 한 주기 동안은 사랑이 온전히 당신의 것이 될 겁니다. 일 년에 3번만 사용할 수 있습니다.

보름달이 뜨길 기다리세요. 상대방의 머리카락 한 뭉치와 물망초 한 다발물망초의 꽃말은 '나를 잊지 마세요.'입니다을 준비하세요. 시계풀과 함께 말린 물망초여야 합니다.

한 번도 사용하지 않은 흰색 천 조각으로 꽃과 머리카락을 감싸고 보라색 리본으로 묶습니다. 그리고 다음의 주문을 외우세요.

달은 무한한 어둠 속에서 홀로 있지만
나는 더 이상 속고 싶지 않아

집 문 앞의 매트 밑이나 정원에 주머니를 감추세요.

Armonia di Coppia

커플의 조화

당신의 연인이 당신을 존중한다면, 당신도 언제나 존중해주세요. 이해하려 노력하고, 당신을 이해할 수 있도록 해주세요. 그의 장점과 단점에 대해 적어보고 이를 받아들이려 해보세요. 변화시키려 하지 마세요. 대신 그의 부족한 점을 당신의 힘으로 보완해주기 위해 노력하세요.

선택의 방향을 조정하거나 동의를 얻어내면서 당신의 생각을 설득력 있게 잘 전달하세요.

이렇게 해야만 당신은 마음껏 사랑하고 또 사랑받는다고 느낄 수 있을 겁니다.

단점	장점
1.	1. ....
....	....
....	....
2.	2. ....
....	....
....	....
3.	3. ....
....	....
....	....

Incantesimo dell'Amore Eterno

영원한 사랑의 마법 주문

당신의 마음속을 들여다보고 진실로 그 사람과 평생 함께하고 싶은지 생각해 보세요.

작은 거울 안에 사랑하는 사람의 이미지를 재빠르게 담으세요. 곧 바로 거울을 붉은 실크 조각으로 감싸세요.

말린 라벤더 꽃과 배 씨를 뿌리고, 사랑하는 사람이 지나는 곳에 거울을 숨기고 다음 주문을 7번 외우세요.

만일 네가 7번 돌아오면,
너는 영원히 내 곁에 머물 거야

당신의 연인이 숨겨둔 거울이 있는 곳을 7번 지나면 영원한 사랑이 될 겁니다.

L iquore di Venere

비너스의 술

연인을 위해 마법 한 줌이 가미된 고급 요리를 만들어 주세요. 이 요리법을 모르는 마녀는 없을 겁니다. 비밀 재료는 언제나 사랑임을 잊지 마세요.

아름다운 저녁 식사를 마무리하게 해줄 사랑의 술 제조법을 알려드리겠습니다. 버베나는 사랑의 여신 비너스에게 바쳐진 허브였답니다.

보름달이 뜨는 밤을 기다렸다가 이 사랑의 묘약을 준비하세요.

70°의 알코올 1L
사탕수수 설탕 1kg
물 1L
최소 140개의 버베나 잎

생레몬 껍질
계피 스틱 2개
로즈마리 가지 2줄기
정향 세 쪽

버베나 꽃잎을 씻어서 말려 두세요. 꽃잎을 레몬 껍질, 계피, 로즈마리, 정향과 함께 밀폐기능이 있는 유리 용기에 넣으세요. 설탕, 물, 알코올을 첨가하세요. 혼합된 상태로 뚜껑을 덮고 직사광선을 피해 서늘한 곳에 40일 동안 두세요. 설탕이 잘 녹도록 충분히 젓는 동안 사랑하는 사람의 이름을 반복해 말하세요.

며칠 후, 술은 갈색빛을 띠기 시작할 겁니다. 다 우려지면 술을 걸러 병에 담으세요. 병에 마녀 인장을 새기는 것도 잊지 마세요.

Realizza i Tuoi Desideri

당신의 소원 이루기

당신은 이제 소원을 이뤄낼 힘을 손에 넣게 되었습니다. 소원을 이뤄낼 도구를 자신 안에서 찾았으니까요. 그 소원이 이뤄지길 바라는 자신의 마음이 얼마나 큰지 스스로에게 물어봐야 합니다. 어쩌면 당신의 마음이 바뀌었을 수도 있습니다. 당신이 변화하면서 바라는 것이 변할 수 있으니까요.

당신이 열망하는 것에 초점을 맞추고 그 결과를 분석하세요. 당신의 꿈을 실현시킬 수 있는 것이 무엇인지 신중히 검토해 보세요. 다시 되돌릴 수는 없으니까요. 스스로에게 솔직하게 물어보세요.

그 답은 오직 당신만, 당신의 마음속에서
찾을 수 있을 겁니다.

Quali sono i Tuoi Desideri

당신의 소원은 무엇인가요?

아주 진솔하게 정말로 원하는 것이 무엇인지 마음속 깊이 들여다보세요.

당신이 이 과정을 시작할 때 썼던 소원들과 지금의 소원들을 비교해 보세요. 그리고 원한다면 소원을 바꾸거나 추가해도 됩니다. 당신에겐 이제 정말로 그 소원을 실현시킬 힘이 있으니까요.

1. ....

2. ....

3. ....

4. ....

5. ....

6. ....

7. ....

8. ....

9. ....

당신의 소원이 이뤄지는 것을 방해하는 장애물이 있는지 유심히 살피고, 당신에게 행운과 재물과 번영을 가져다 줄 고대 주문을 외워 마법의 도움을 받으세요.

Incantesimo per Realizzare i Propri Desideri

소원을 이루기 위한 마법 주문

종이 한 장과 월계수 잎 세 장을 준비하고 종이에 당신의 소원을 적으세요. 종이 위에 월계수 잎을 놓고 세 번 접으세요.

보름달이 떠오른 밤에 당신만 알고 있는 장소에 -꽃병도 좋습니다- 종이를 묻고, 소원이 이뤄지면 월계수 잎과 종이를 함께 태우세요.

재는 바람에 흩날리세요.

Incantesimo del Buon Raccolto

풍년을 위한 마법 주문

4월의 첫 번째 일요일에 양귀비 씨 몇 알, 동전 한 닢, 진주 한 알을 준비하고 비옥한 땅에꽃병도 좋습니다 심으세요. 마더 데레사와 그녀가 준 선물을 기리며 당신이 심은 씨앗을 잘 돌보세요. 개인적인 기도를 바치며 씨앗에 영양을 공급하고 물을 주세요.

만일 양귀비가 자라 꽃을 피려 하면 곧 좋은 일이 있을 것이며 소원이 이뤄질 겁니다.

꽃이 피지 않으면 마법을 반복해서 거세요. 아마 무언가를 놓쳤을지도 모릅니다. 씨앗을 충분히 정성스레 돌보지 않았거나, 필요한 만큼의 에너지를 쏟아붓지 못했을 수 있습니다. 너무 실망하지는 마세요. 좀 더 제대로, 다시 시도해 보면 됩니다.

Incantesimo della Cornucopia

코르누코피아의 마법 주문

이 마법은 풍요로움과 부를 얻고자 할 때 유용한 마법입니다.

초승달이 뜨는 첫날 밤 버드나무 가지로 만든 코르누코피아큰 바구니를 파는 곳에서 찾을 수 있을 겁니다를 준비하세요. 그리고 코르누코피아 안에 포도, 석류, 감귤, 산딸기, 금, 진주, 구리 동전, 말린 견과류 한 줌, 계란, 아가위 다발을 넣으세요.

꽃잎과 잘 익은 과일로 꾸민 마법의 재단 중앙에 이 코르누코피아를 놓으세요.

초록색, 갈색, 금색, 오렌지색의 양초 네 개를 켜세요.

마법을 걸고 한 달을 기다리세요.

다만 이 마법으로 얻은 빛나는 결실을 가장 어려운 이웃들과 나누는 것을 잊지 마세요. 그렇지 않으면 이 마법은 오히려 해로 돌아올지도 모릅니다.

Fine del Percorso Magico di Trasformazione

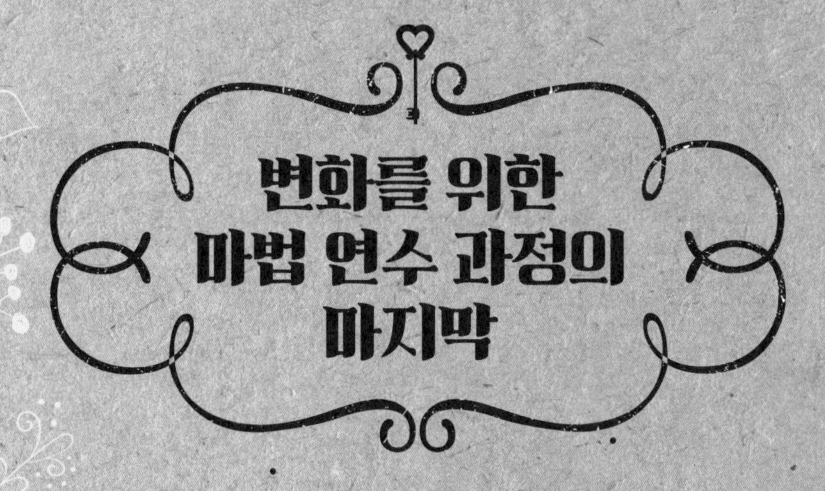

변화를 위한 마법 연수 과정의 마지막

이제 변화 과정의 마지막 단계에 왔습니다. 부정해도 소용없습니다. 당신은 이미 변화하였고 더 강해졌으며 더 당당해졌다는 것을 스스로도 느끼니까요.

이제 당신이 마법의 세계로 발을 들였을 때의 모습이 어떠하였으며 당신의 힘을 재발견한 지금은 어떤 모습인지 스스로 비교해 볼 때가 왔습니다.

다음 질문에 답하고, 연수 과정을 시작할 때 적었던 답과 비교해 보세요.

다른 사람들은 나를 어떻게 생각하나요?

나는 나를 어떻게 여기나요?

1. ....

....

2. ....

....

3. ....

....

지금 나를 나타내는 색깔은 무엇인가요?

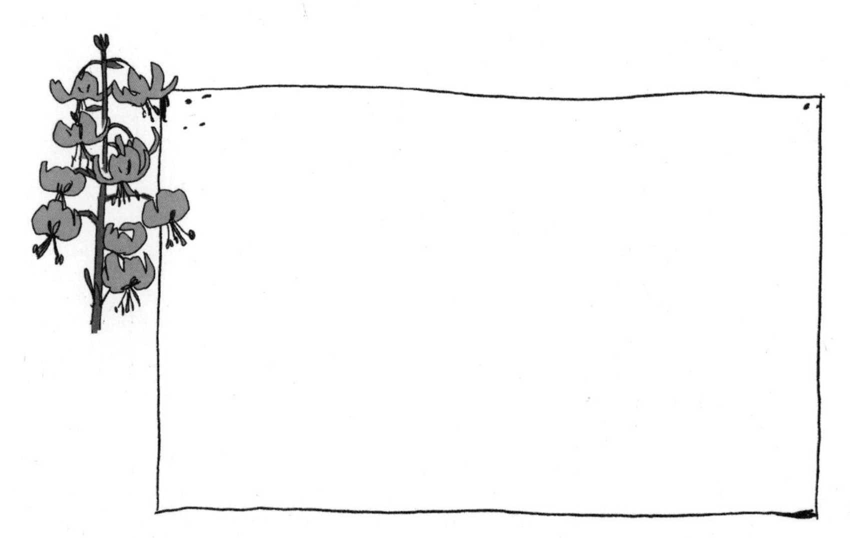

달성된 목표

1. ……………………………………………………………………………

……………………………………………………………………………

……………………………………………………………………………

……………………………………………………………………………

2. ……………………………………………………………………………

……………………………………………………………………………

……………………………………………………………………………

……………………………………………………………………………

3. ……………………………………………………………………………

……………………………………………………………………………

……………………………………………………………………………

……………………………………………………………………………

Il mio ultimo sogno

마지막으로 꾼 꿈

연수를 마치고 마지막으로 꾼 꿈을 자세히 쓰고 당신만의 해석을 적으세요.

꿈

의미

감사의 마법 의식

이제 자기 자신, 우리를 보호해준 우주와 마법의 힘에게 감사할 시간입니다.

당신은 마법의 세계, 봉헌물, 양초, 향과 춤을 포함한 당신만의 의식에 대한 이해가 훨씬 더 높아졌으니까요.

아래에 당신만의 의식을 적어보세요.

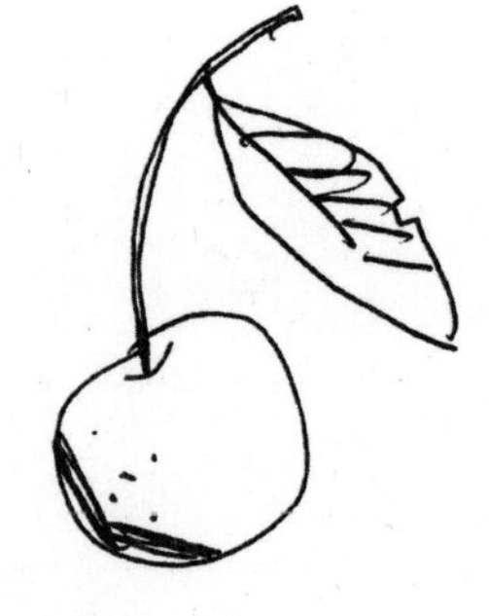

IX

Infusi Magici

마법의 약물

당신이 가장 적합하다고 생각하는 마법의 허브로 당신만의 약물을 만들어보세요. 직접 식물을 수집해 말려도 좋고, 이미 말려진 식물을 사용할 수도 있습니다.
다음 페이지에서 허브차와 묘약을 제조하고 구별하기 위한 라벨의 예시를 볼 수 있습니다. 이를 기초로 동물, 식물, 광물에서 추출된 천연색을 사용해 개인 라벨을 만드세요. 합성 잉크, 색소를 사용하지는 마세요.
당신의 마녀 인장도 새기고 라벨도 붙인 약물을 적절한 때에 이용할 수 있도록 잘 간직해 두세요.
원한다면, 당신의 연인이나 모임의 구성원에게 선물하세요.
기뻐하며 마법 약물의 그 가치를 알아봐 줄 겁니다.

허브차

에너지 충전의 허브차

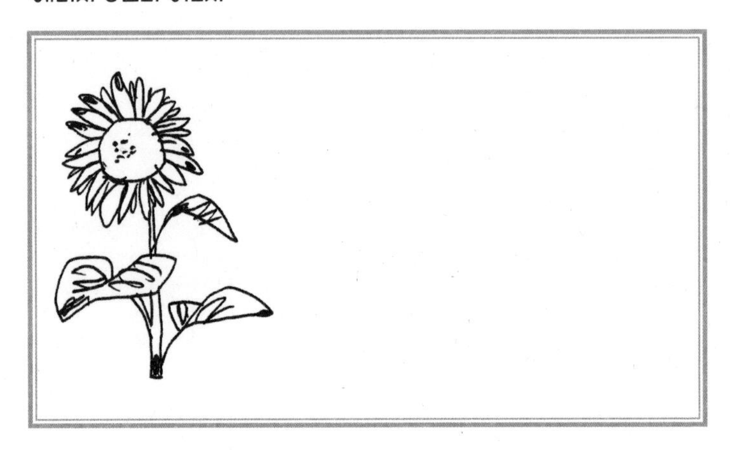

신비의 명상의 허브차

집중의 허브차

우정의 허브차

화해의 허브차

우주에 감사하는 허브차

보호 허브차

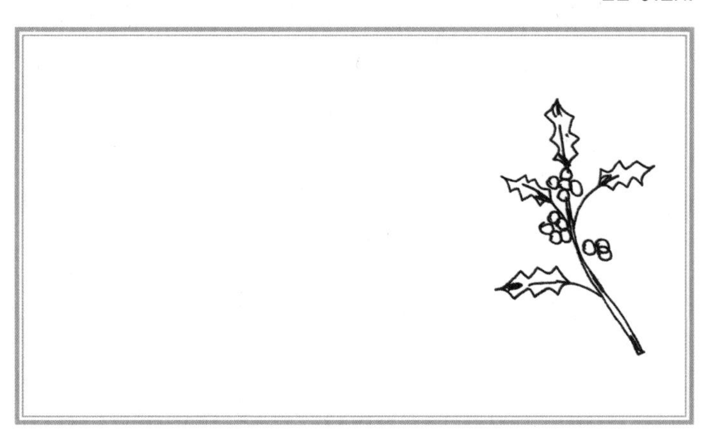

정화 허브차

위안의 허브차

현명함과 신중함의 허브차

묘약

연인을 위한 묘약

자신감을 위한 묘약

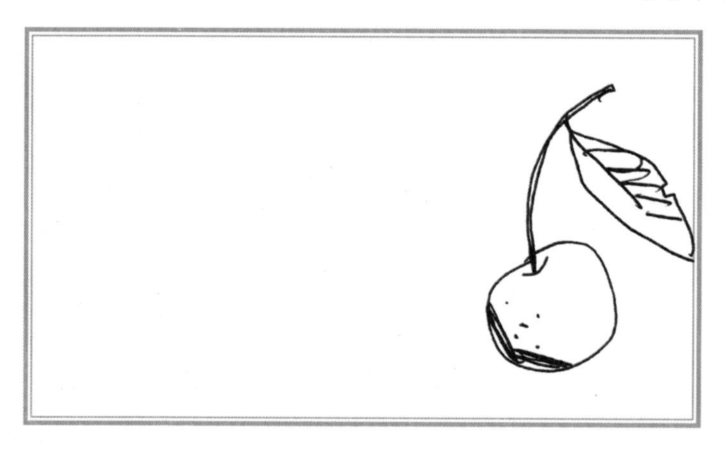

휴식의 묘약

번영의 묘약

아름다움의 묘약

용기를 강화하는 묘약

도전에 맞서기 위한 묘약

진정한 우정을 분별하기 위한 묘약

행운의 묘약

행복의 묘약

I Miei Incantesimi

나의 마법 주문